LES
CONTRE-VERITEZ
DE LA COVR.

Auec le Dragon à
trois testes.

M. DC. XX.

LES CONTRE-VERITEZ
DE LA COVR.

Absent de ma Philis toutes choses
  me faschent,
Mes biens sont sans plaisir, & mes
  maux sans relasche.
Mes sens n'ont plus de sens, & priuez
  de discours.
Me font voir leurs objects quasi tout à
  rebours,
Allans dedans la Cour, reuenant dans
  les villes
Ie trouue les plus sots mieux que les
  plus habilles.
La Cour sans mal-contans, le Perou sãs
escus,
La faueur sans enuie, & Paris sãs coqus.
Les Princes sont vallets, & les vallets
  sont Princes.
Que comme les cheuaux on harde les
  prouinces.

Qu'il n'est aupres du Roy que des gens
bien hardis.
Que Theophile va tout droit en Paradis
Qu'on ne prend en l'Estat pour despes-
cher affaires
Que de S. Innocent les fameux secre-
taires.
Le president du Vair est marchant de
pourceaux.
Vautray est Chancelier, Marais Garde
des Sceaux.
Pour gouuerner Monsieur, & en faire
vn chef d'œuure
On enuoye querir le bon Marquis de
cœuure.
Les Iuifs prennent la Croix, & preschét
Iesus Christ,
Et que le tiers estat porte le S. Esprit.
Monsieur fait ce qu'il veut, & que la
Royne mere
Sur la foy du Guisar se veut mettre en
colere.

L'Empereur

L'Empereur Ferdinand ayme le
Palatin.

Le Duc de Montbazon ne parle
que latin.

Pontchartrain court vn cerf, &
Castille la bague.

Rien de si bien disant que madame d'Entrague.

Que Bassompierre fait l'amour
sans dire mot.

L'Euesque de Luçon est vn pau-
ure idiot.

Barbin est en faueur: & messieurs
de Luynes

Tous les iours au leuer du Marquis de Themines

Qui font venir en Cour le bon
Duc de Bouillon

Pour estre gouuerneur du Comte de Soisson.

Que le Duc d'Espernon renon-
ceant à ses forces

Vient en Cour ſur la foy du Colonnel des Corces.

Et que la ʀoine mere adore Mar-
cillac

Comme Pocelay le ᴍarquis de
ʀouillac.

Le Cardinal de ʀetz exqlique l'Eſ-
criture.

Et que le Duc d'Vſez dit la bon-
ne aduenture.

Madame de Sourdis fait des cha-
ſtes leçons

Son fils le Cardinal n'aime plus
les garçons.

L'Abbé de Sainct Victor a la bar-
be razée

Et le Duc de Nemours à la teſte
friſée.

Que pour deſniaiſer Modene &
Deagens,

Chalais & S. Briſſon ſont deux
propres Agens.

Le Baron

Le Baron de Rabat est enfant le-
gitime
Et le pere Ioseph est grãd joüeur
de prime.
Que le Duc de Rohan est vn fas-
cheux jaloux,
Et que Monsieur le Grand est ac-
cablé de poux.
On ne fait plus l'amour au quay
de la Tournelle
Madame de Monglas à la gorge
fort belle.
Que Meillezay n'est plus impor-
tun ny cocquet
Qu'on souffre sans ennuy son
malheureux caquet.
Que le Baron d'Anthon rentre
dans Angoulesme
Le Comte de Grandmont a le vi-
sage blesme.
Sainct Luc n'est plus roman, Cre-
quy n'est plus caigneux.

Liencourt est bigot, & Bonnueil
est hargneux.
Despesses ne sçait plus ny le
temps ny l'histoire
Le Comte de Limours a fort bo-
ne memoire.
Le Comte de Chóbert est hom-
me de loisir
Le Comte de Carmaing n'aime
plus son plaisir.
Garon est en collere parmy les
Atheïstes
Seruin & du Montier se sont mis
Iesuites.
Que le Prince Lorrain à soing de
son honneur,
Chaudebonne de gueux est ve-
nu grand Seigneur.
Ne porte plus le dueil & la muse
bottée
Hay des habillemens, & marche
sans espée.

Vitry

Vitry le Mareschal n'a plus de
  vanité
Et Zamet a perdu sa noire gra-
  uité.
Comminges & Botru ont perdu
  la parole,
Et le pere Berulle a gagné la ve-
  rolle.
Que Rochefort s'estonne, & de-
  mande à Pallot
Pourquoy Monsieur le Prince
  aime tant Hocquetot.
Que les Princes du Sang ont la
  paralisie
Le Marquis de Sablé redouble sa
  phtisie.
Le Marquis de Mosny est homme de raison
Moisset homme de foy, l'argent
  hors de saison.
Les Princes Souuerains sont des
  joüeurs de farces,

b

Et que le Pere Arnoul entretient
mille garces.
Boulanger est soldat, & que les
fauoris
Ne bougent des festins des bour-
geois de Paris.
Rien de si genereux que le Com-
te de Brayne
Que le Comte de Fresque est vn
tireur de leine.
Le Comte de Brissac grand abba-
teur de bois,
Gurson ne parle plus de la mai-
son de Foix.
Le marquis Colonnel sera tou-
jours poltron,
Comme fut son grand pere, & le
Duc d'Espernon.
Philis le déplaisir d'vne fascheuse
absence
Estouffe en mon esprit l'entiere
cognoissance.
Montrant

Montrant la verité contraire à la
raison.
Aussi l'extrauagance en est la
guerison.
Puis qu'il faut posseder celle qui
me possede,
La cause de mon mal en est le
seul remede.

FIN.

LE DRAGON A
TROIS TESTES.

CESTE lasche & traistre fortune,
Fille du vent & de la mer,
Qui ne fut iamais qu'importune
Aux gens que l'on doit estimer:
Qui met au plus haut de la rouë
Ce qu'elle tire de la bouë,
Et puis les laisse cheoir à bas.
Qui fait aueugle en son élite
Que la faueur & le merite
Vont tousiours d'vn contraire pas.

Ce monstre pour qui les victimes
Sont aujourd'huy sur les autels,
Qui volle les droits legitimes
Des vœux deubs aux grands im-
    mortels.
Il ne faut point que l'on s'estonne
Si par colere ie luy donne
La qualité des monstres icy.

Les raisons y sont toutes prestes:
Dittes moy, puis qu'il a trois testes
Le peux-je pas nommer ainsi ?

C'est elle en fin que nostre haine
A voulu prendre pour object,
Son humeur orgueilleuse & vaine
Nous en donne assez de subject.
Quel prodige au temps où nous
    sommes,
Que les plus bas d'entre les hómes
Aillent du pair auec les Dieux,
Lors que sur des Oiseaux de proye
Ainsi que le mignon de Troye
Ils sont montez dedans les cieux?

Quelle honte à ce grand Empire
Iadis si fort & si puissant,
Qu'il se promettoit tout au pire
D' vaincre celuy du Croissant,
D'estre captif sous vn Cerbere,
Sans qu'vn des siens se delibere

De l'affronter comme autrefois,
Qu'il ne se trouue plus d'Hercule,
Et que tout le monde recule
Au moindre Echo de ses abbois?

O fortune, ó nostre ennemie!
C'est toy qui cause ces malheurs:
O France tu es endormie
Pour ne point sentir tes douleurs!
O Demon soigneux des Courõnes
Qui iour & nuict les enuironnes
De legions pour les garder,
Soffriras-tu ceste insolence?
Vois-tu pas que sa violence
Voudroit desia te gourmander?

C'est vn hydre espouuentable,
A qui quand on couppe le Chef,
Icy la chose est veritable,
Il en naist plusieurs de rechef.
C'est la peste des Monarchies,
On ne les peut dire affranchies

Tant

Tant qu'elles portent ces gens-là.
C'eſt la ruine des Prouinces,
Et le coupe gorg des Princes
Qui ſots, endurent tout cela.

Grand Monarque, dont la vail-
lance
Ne trouua iamais rien de ſòrt,
Qui viuez en la bien-veillance
Malgré les ſiecles & la mort,
Hé, que diriez vous à ceſte heure
Si de la celeſte demeure
Vous voyez auec paſſion
Ce qui ſe fait en noſtre monde
Ou tout ſe gouuerne & ſe fonde
Sur les pas de l'ambition?

Mais vne ambition de vice
Sous qui l'honneur eſt abbatu,
Et qui ne gage à ſon ſeruice
Aucun amy de la verru:
Vne ambition ſi ſupiême

Que la haulteur d'vn Diademe
Est basle aux yeux de son desir.
Vne ambition tyrannique,
Qui du moyen le plus inique
Tire nos maux & son plaisir.

Depuis que ce coup parricide
Qui vous tuant nous blessa tous,
Feit trop cognoistre qu'vn Alcide
Pouuoit mourir cõme vn de nous.
Nous auons tousiours veu la Fran-
ce
Assubjettie à la souffrance
De ces races de Champignons,
Qui sans prendre garde à leur e-
stre
Pensent bien obliger leur maistre
De le dire ses Compagnons.